Pour Chris Van Dusen, celui qui,
parmi nous, se paie réellement du bon temps.

K. D.

Pour Carolyn, la sœur que je n'ai jamais eue.

C. V.

Chapitre

1

M. et Mme Watson ont un petit cochon, une femelle, qui s'appelle Mercy.

Ils vivent tous les trois dans une maison située au 54, rue Deckawoo.

Par une belle journée, M. Watson et Mme Watson sont assis sur leur terrasse en compagnie de Mercy.

M. Watson, Mme Watson et Mercy
boivent de la limonade pour se
rafraîchir.

— Madame Watson, cette limonade me
donne des frissons, dit M. Watson.

— Je l'ai faite avec beaucoup de citron,
répond Mme Watson.

— Voilà l'explication, lance M. Watson.

Mercy boit à grand bruit la limonade
qui se trouve dans son bol.

— N'est-ce pas une magnifique
journée? dit Mme Watson.

— Absolument magnifique, répond
M. Watson.

Mercy pousse un grognement.

Chapitre
2

Les voisines de M. et Mme Watson, Sœurette et Eugénia Lincoln, sont devant leur maison.

— Sœurette, dit Eugénia, nous vivons à côté d'un cochon.

— Oui, chère Sœur, répond Sœurette, c'est vrai.

—Mais cela ne doit pas nous empêcher de vivre une vie pleine de charme, dit Eugénia.

—Crois-tu? dit Sœurette.

Eugénia tend une pelle à Sœurette.

—Une pelle, mais pourquoi? demande Sœurette.

— Nous allons embellir notre jardin, répond Eugénia. Nous allons planter des pensées. Toi, Sœurette, tu vas creuser et moi, Eugénia, je vais planter.

— Oui, chère Sœur, dit Sœurette.

— Nous allons vivre une vie pleine de charme, même si nous devons en mourir, lance Eugénia Lincoln.

— Oui, chère Sœur.

Sœurette pousse un soupir et se met à creuser.

Chapitre
3

Sur la terrasse de la famille Watson,
Mercy lève le groin.

Elle flaire quelque chose.

Une délicieuse odeur se dégage de la
maison d'à côté.

Mercy passe son groin à travers la
haie.

Elle regarde dans le jardin des sœurs
Lincoln.

Elle voit Eugénia Lincoln qui plante
une fleur dans le sol.

Que se passe-t-il?

Mercy attend qu'Eugénia disparaisse au coin de la maison.

Elle passe à travers la haie et trottine dans le jardin des sœurs Lincoln.

Elle sent la fleur qu'Eugénia vient de planter.

La fleur sent délicieusement bon.

Mercy en prend une bouchée.

Elle a aussi très bon goût.

Elle mange la fleur en entier, puis
elle lève les yeux et en voit une autre.
Elle la mange aussi.

Mercy fait un rot.

Elle se dirige vers la troisième fleur.

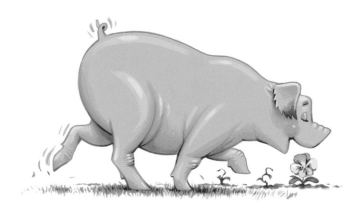

Chapitre
4

De l'autre côté de la maison, Eugénia Lincoln plante sa dernière pensée.

— Voilà, dit Eugénia. C'est tout simplement spectaculaire, n'est-ce pas?

— Oui, vraiment, répond Sœurette.

— Je crois que je vais faire le tour de la maison pour juger de l'effet d'ensemble, dit Eugénia.

Eugénia Lincoln retourne devant la maison.

Mais il n'y a pas d'effet d'ensemble à admirer.

— SŒURETTE! hurle Eugénia.

— Oui, chère Sœur? dit Sœurette.

— Où sont passées toutes les fleurs? crie Eugénia.

— Oh là là! s'écrie Sœurette. Il n'y a pas une minute, elles étaient encore là.

Mercy arrive au coin de la maison.
Elle marche d'un pas allègre.
Des pétales de pensées sont collés
ici et là sur son menton.

— COCHON! crie Eugénia. Cochon, cochon, **cochon!**

Eugénia Lincoln s'élance à la poursuite de Mercy.

Mercy détale.

Elle échappe à Eugénia en courant.

Chapitre
5

Pendant ce temps, sur la terrasse voisine, M. et Mme Watson se demandent où est passée Mercy.

— Elle était là il n'y a pas une minute, dit Mme Watson.

— Elle ne peut pas être bien loin, renchérit M. Watson.

M. et Mme Watson partent à la recherche de Mercy.

— Oh! elle est là! dit Mme Watson. Et regarde, elle joue à chat avec Eugénia. Elles semblent tellement contentes!

— Je ne crois pas qu'Eugénia joue, dit Sœurette. Et je ne crois pas qu'elle soit contente.

— Ah non? s'étonne M. Watson.

— Non, vraiment pas. Mercy a mangé toutes les pensées d'Eugénia.

— Elle devait avoir faim, réplique Mme Watson. Mercy! Rentre à la maison manger une rôtie tartinée d'une bonne couche de beurre.

Mercy arrive en courant.

Elle court à toute allure.

Elle adore les rôties.

Et surtout les rôties tartinées généreusement de beurre.

Chapitre
6

Sœurette a raison.

Eugénia n'est pas contente.

— La plaisanterie a assez duré, s'écrie Eugénia. Trop, c'est trop!

— Oh là là! lance Sœurette.

— Il est grand temps de prendre des mesures extrêmes, rage Eugénia Lincoln.

— Des mesures extrêmes? s'inquiète Sœurette.

—Je vais appeler le Centre de
contrôle des animaux, dit Eugénia.

— Oh non, ne fais pas ça! supplie
Sœurette.

— Oui, Sœurette, je vais le faire.

Elle sort l'annuaire téléphonique et promène son doigt jusqu'en bas de la page.

— S'il te plaît, Eugénia, bredouille Sœurette.

Eugénia compose le numéro en enfonçant les touches d'un doigt nerveux.

— Et voilà, c'est parti, dit-elle.

— Oh, chère Sœur, s'il te plaît, réfléchis à ce que tu fais, insiste Sœurette.

— Je sais très bien ce que je fais, répond Eugénia. Je me débarrasse de ce cochon.

Chapitre
7

Le téléphone sonne au Centre de contrôle des animaux.

L'agente en service, Francine Poulet, répond à l'appel.

— Puis-je vous aider?

— Oui, dit la voix au bout du fil. J'appelle pour signaler un animal qui a désespérément besoin d'être contrôlé.

— Avez-vous un chien enragé?

demande Francine.

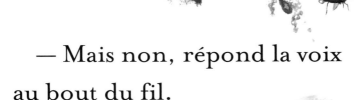

— Mais non, répond la voix

au bout du fil.

— Un chat errant?

— Certainement pas, dit la voix.

— Un raton laveur dans
votre poubelle?

— Non.

— Un écureuil dans
votre cheminée?

— Ce n'est pas ça.

— Un serpent dans
votre toilette?

—Je vous demande pardon?

— Voyons donc, s'écrie Francine Poulet. Il ne s'agit ni d'un chien ni d'un chat. Ce n'est pas un raton laveur ou un écureuil. Et encore moins un serpent. De quoi s'agit-il alors? Un instant… vous n'auriez pas affaire à une mouffette?

— L'animal auquel j'ai affaire
est un cochon!

— Un cochon?

— Oui, c'est bien ça,
un cochon!

— Donnez-moi votre adresse,
demande Francine Poulet.

— 54, rue Deckawoo, répond la voix.

Chapitre
8

Au 54, rue Deckawoo, Mercy s'est allongée sur le sofa pour faire une sieste après avoir mangé ses rôties.

Elle ronfle.

— Quel après-midi tranquille, dit Mme Watson.

— En effet, répond M. Watson.

Toc, toc, toc.

— Quelqu'un frappe à la porte arrière, dit Mme Watson.

—J'y vais, répond M. Watson en se dirigeant vers la cuisine. Entrez, Sœurette.

—Je ne peux pas, dit Sœurette. Quelque chose d'épouvantable va se produire.

— De quoi s'agit-il?

— D'une horreur indescriptible…

—Vraiment?

— Oh, M. Watson! s'écrie Sœurette Lincoln. Vous devez la protéger.

— La protéger? répond M. Watson. Protéger qui?

Sœurette se jette dans les bras de M. Watson et se met à pleurer.

— Là, là, la console M. Watson.

Mme Watson arrive dans la cuisine.

— Que se passe-t-il? demande-t-elle.

— Il paraît qu'une horreur indescriptible va se produire, dit M. Watson.

— Oh, mon chéri, s'alarme Mme Watson. J'ai toujours eu terriblement peur des horreurs indescriptibles. Qu'allons-nous faire?

— Allons, allons, dit M. Watson. Je suis sûr que nous allons trouver quelque chose.

Chapitre
9

Mercy est toujours allongée sur le sofa de la salle de séjour.

Toc, toc, toc.

Elle ouvre un œil.

Toc, toc, toc.

Elle ouvre les deux yeux.

La porte d'entrée s'ouvre en grand.

— Mercy! lance Stella. Nous allons à un goûter et tu es invitée.

Mercy bâille.

— Je crois qu'elle n'est pas très enthousiaste, dit Frank.

— Il y aura de gros morceaux de
gâteau et des choux à la crème et des
rôties au fromage, précise Stella.

Mercy s'assoit.

En vérité, elle est enthousiaste.

— Il y aura des éclairs et des crêpes et
des enchiladas, poursuit Stella.

Mercy est très enthousiaste.

— Mais, dit Stella, si tu viens au
goûter, tu dois porter un chapeau.
Tout le monde met un chapeau pour
aller à un goûter chez des gens
convenables.

Mercy réfléchit au sujet des chapeaux.

Elle réfléchit au sujet des gâteaux et des friandises.

Elle descend du sofa.

Elle suit Frank et Stella et sort par la porte d'entrée.

Chapitre
10

L'agente de contrôle des animaux, Francine Poulet, est en route pour le 54, rue Deckawoo.

« Francine, pense-t-elle, tu n'as encore jamais rencontré de cochon. Voici une belle occasion d'avancement professionnel. »

Au coin des rues Creek et
Windingo, Francine aperçoit
un chien.

Elle arrête la fourgonnette.

— Bonjour, mon ami, dit-elle.
Es-tu perdu?

— Ouaf! fait le chien.

— Je m'en doutais, dit Francine. Tu
n'as pas de médaille. Allez, monte!

Dans la rue Merkle, un golden retriever s'arrête juste devant la fourgonnette de l'agente de contrôle des animaux, Francine Poulet.

— Tss, tss, soupire-t-elle. Mais, qu'est-ce que tu fais là, le chien?

Elle arrête la fourgonnette et
descend.

— Allez! saute là-dedans mon chien,
dit-elle au golden retriever.

Le golden retriever saute aussitôt dans la fourgonnette.

« Francine, se dit Francine Poulet, tu es la meilleure agente de contrôle des animaux que le Centre de contrôle des animaux ait jamais connue. Rien ne peut t'arrêter. Pas même un cochon! »

Chapitre
11

Quand Francine Poulet tourne dans la rue Deckawoo, sa fourgonnette est déjà pleine de chiens.

« Pour capturer un cochon, se dit-elle, il me suffit de me mettre dans la peau d'un cochon. »

Les chiens hurlent à l'arrière de la

fourgonnette.

« Pense comme un cochon, pense comme un cochon », se répète Francine Poulet.

Elle voit un homme et une femme descendre la rue en courant et les interpelle :

— Excusez-moi, avez-vous vu un cochon?

— Nous avons perdu le nôtre! dit la femme.

— Perdu qui? demande Francine.

— Mercy, répond l'homme. Notre chère et bien-aimée Mercy. Elle court un grand danger.

— Une horreur indescriptible est arrivée, dit la femme.

— Une horreur indescriptible? répète Francine Poulet.

— Exactement! répond l'homme.

— Bon, très bien, ajoute Francine. Merci beaucoup.

Puis elle remonte la vitre.

« Tu es livrée à toi-même, Francine. Les habitants du quartier sont complètement dérangés », pense Francine Poulet.

À l'arrière de la fourgonnette, les chiens aboient et grognent.

—Je sais, je sais, leur dit Francine. Je dois me mettre dans la peau d'un cochon.

Chapitre
12

Mercy porte un chapeau.

Elle regarde Stella qui fait semblant de verser du thé.

Elle regarde les tranches de gâteau imaginaire de Stella.

Mercy ne s'amuse pas du tout.

Où sont les enchiladas et les choux à
la crème?

L'estomac de Mercy gronde.
Où sont les crêpes et les éclairs?

—En voulez-vous encore un peu? demande Stella.

« Un peu plus de quoi? » se demande Mercy en grommelant.

—N'est-ce pas charmant? dit Stella.

—Je crois que Mercy n'est pas contente, répond Frank.

— Tout le monde est content de participer à un goûter, ajoute Stella.

— Je ne suis pas content, répond Frank. J'ai faim. De plus, j'ai l'air stupide avec ce chapeau.

— Oh, de grâce! poursuit Stella. Voici un autre morceau de gâteau.

Chapitre
13

L'agente de contrôle des animaux, Francine Poulet, examine les jardins situés à l'arrière des maisons de la rue Deckawoo.

Elle bondit par-dessus les haies.

Elle rampe parmi les parterres de fleurs.

Elle tente de se mettre dans la peau d'un cochon.

Elle grimpe en haut d'un arbre et observe le jardin en dessous.

Elle y voit trois personnes qui portent des chapeaux. Assises autour d'une table, elles prennent le thé.

« N'est-ce pas un beau tableau? se dit Francine Poulet. N'est-ce pas charmant? »

Francine regarde plus attentivement la scène.

« Un instant, se dit-elle. Un de ces personnages n'est pas une personne. Un de ces personnages est un cochon! Francine, tu as trouvé le cochon. Tu es la meilleure agente de contrôle des animaux de tous les temps! Et maintenant, tu dois capturer le cochon. Compte jusqu'à trois. Un. Deux. »

Francine Poulet ferme les yeux.

Elle tombe de l'arbre.

« TROOOOOOIS! »

Chapitre
14

Juste avant que Francine ne tombe, Mercy décide qu'elle en a plus qu'assez de ne rien manger.

Elle se lève.

Elle est prête à retourner à la maison.

Soudain, un hurlement strident retentit.

Une femme tombe du ciel et atterrit la tête la première sur la table.

Stella crie.

Frank crie plus
fort.

Mercy crie encore
plus fort.

Une rue plus loin, M. Watson dit à
Mme Watson :

— As-tu entendu?

— C'est notre chérie, répond
Mme Watson. C'est notre bien-aimée
et elle a des ennuis.

M. et Mme Watson se mettent à
courir.

Chapitre
15

L'agente de contrôle des animaux tombe de la table en roulant.

Elle passe les bras autour de Mercy.

« Pense… comme… un… cochon », se dit Francine.

M. Watson et Mme Watson arrivent dans le jardin en courant.

— Vous l'avez trouvée! Bravo! s'écrient-ils.

— Vous avez atterri directement sur votre tête! dit Frank.

— Je me sens un peu étourdie, avoue Francine.

— Vous avez peut-être tout simplement faim, constate Mme Watson. Vous avez peut-être besoin de manger quelques rôties.

— Des rôties? dit Francine.

« Des rôties », pense Mercy.

— Ces chiens ont l'air d'avoir faim, eux aussi, ajoute Mme Watson. Alors,

mes amis, voulez-vous des rôties?

—Je me demande si c'est une bonne idée, dit Francine Poulet en laissant sortir les chiens de la fourgonnette.

— C'est une merveilleuse idée, dit Mme Watson. À présent, Stella, cours inviter Eugénia et Sœurette à notre petite fête.

— Dis-leur que c'est en l'honneur de...

M. Watson se tourne vers Francine.

— Quel est votre nom, ma chère?

— Je suis Francine Poulet, l'agente de contrôle des animaux, répond Francine, et j'ai essayé de me mettre dans la peau d'un cochon.

— Bien, déclare M. Watson. Peu de

gens sont capables d'être de véritables merveilles porcines.

— Je suppose que non, dit Francine.

— Persévérez, dit Mme Watson. En attendant, allons manger des rôties!

Kate DiCamillo est l'auteure de *La quête de Despereaux* et *Winn-Dixie*, pour lesquels elle a remporté respectivement la médaille Newbery et l'honneur Newbery (pour les versions anglaises). Elle a également écrit *L'odyssée miraculeuse d'Édouard Toulaine.* Un autre de ses livres, intitulé *The Tiger Rising*, s'est classé parmi les finalistes du National Book Award. Elle déclare : « Je ne m'attribue aucun mérite pour ce livre. Si vous riez en lisant les exploits de Mercy Watson et de l'agente de contrôle des animaux, Francine Poulet, c'est grâce au génie de Chris Van Dusen. Écrire sur Mercy, imaginer les personnages extravagants qui croisent sa route et prendre un léger recul pour observer Chris leur donner vie, une vie illustre et désopilante… C'est vraiment le meilleur emploi au monde. Je vous remercie, monsieur Van Dusen. » Kate DiCamillo vit dans le Minnesota.

Chris Van Dusen est l'auteur-illustrateur de *Down to the Sea with Mr. Magee, A Camping Spree with Mr. Magee* et *Le joyeux naufrage,* et l'illustrateur de tous les Mercy Watson de la présente collection. Il affirme : « Dans chacun de ses livres, Kate ajoute un nouvel individu à la distribution des personnages. Ici, il s'agit de Francine Poulet et elle est merveilleuse! C'est à moi de décider à quoi ces personnages vont ressembler et, pour ce faire, je commence par chercher des indices par rapport au nom. Dans ce cas, Francine Poulet DEVAIT ressembler à un poulet! Je n'avais jamais dessiné une personne avec un nez semblable à celui de Francine, mais chaque poulet a besoin d'un bec! » Chris Van Dusen vit dans le Maine.

Mercy Watson se paie du bon temps

Kate DiCamillo

Mercy Watson

se paie du bon temps

Illustrations de Chris Van Dusen

Texte français de Dominique Chichera

Éditions
■SCHOLASTIC

Catalogage avant publication de Bibliothèque et Archives Canada

DiCamillo, Kate
Mercy Watson se paie du bon temps / Kate DiCamillo ;
illustrations de Chris Van Dusen ;
texte français de Dominique Chichera.

Traduction de: Mercy Watson thinks like a pig.
Niveau d'intérêt selon l'âge: Pour les 6-8 ans.
ISBN 978-0-545-98151-4
I. Van Dusen, Chris
II. Chichera, Dominique III. Titre.

PZ23.D51Mec 2009   j813'.6   C2009-901376-2

Édition publiée par les Éditions Scholastic,
604, rue King Ouest, Toronto (Ontario) M5V 1E1,
avec la permission de Candlewick Press.

6 5 4 3 2   Imprimé au Canada 119   13 14 15 16 17

Le texte est composé avec la police de caractères Mrs. Eaves.
Les illustrations sont faites à la gouache.

FSC
www.fsc.org

MIXTE
Papier issu de
sources responsables
FSC® C103113

10%